ROMEON
VERLAG

Cerca Trova

1. Auflage, erschienen 2017

Ein Buch aus dem Romeon Verlag

Umschlag-Idee: J. Göthel
Umschlaggestaltung: Romeon Verlag u. J. Göthel
Text: J. Göthel
Layout: Romeon Verlag
ISBN: 978-3-96229-024-5

www.romeon-verlag.de

Bibliografische Information der Deutschen Nationalbibliothek:
Die Deutsche Nationalbibliothek verzeichnet diese Publikation in der Deutschen Nationalbibliografie; detaillierte bibliografische Daten sind im Internet über *http://dnb.dnb.de* abrufbar.

CERCA TROVA

GEDICHTE VON

J. GÖTHEL

ZU DIESEM BUCH

„Der Gedichtband „Cerca Trova“ möchte dem Leser einen Einblick geben Althergebrachtes und Neuess zu verbinden, Ungesagtem Ausdruck zu verleihen und die Poesie als eine Antwort auf das Leben zu verstehen. Der Mensch mit seinem Schaffen und Wirken steht unweigerlich im Mittelpunkt und erkennt seine Reflexionsebene in der Natur, von der er sich besonders in der modernen Zeit so weit empor gestellt fühlt und vergisst, dass man seinem Selbst nie entrinnen kann.“

ZUM AUTOR

Julien Göthel, geboren 1996, studiert derzeit an der TU Bergakademie Freiberg. Mit 17 Jahren begann er zu schreiben und veröffentlicht mit „Cerca Trova“ nun sein erstes Werk.

Die Sinne uns geleitet,
der Verstand hat uns gerichtet,
die Fahrt war unbekleidet,
ganz sich selbst verpflichtet.

Meiner Familie und Paula gewidmet.

Dort, mich trübte mein Augenlichte nicht,
sah ich sie, nach all der Zeit der Trennung,
ward mit meiner Liebsten wieder vereint.
Vereint nun wieder,
im Geiste keine Leere mehr, kein trübes, dumpfes Nichts,
nur ein Augenblick, der gehört uns ganz allein,
konnt ich die Sehnsucht aller
Welt mit dir von Zeit befreien.

TRAUMGEWITTER

Wozu bedarf es wenig,
Wozu bedarf es nichts,
Wo nur all die Leute,
Wo die Fahrt anbricht.

Wozu bloß dieses Wissen,
Wozu denn noch Verzicht,
Wozu ist diese Reise,
Wo der Raum sich bricht.

Wozu sollen wir hassen,
Wozu braucht man das Glück,
Wozu eignet sich der Zweifel,
Wo alle Macht erlischt.

Wo ist die vertuschte Wahrheit,
Wo bleibt der Kuss berührt,
Wo die wucherhaften Fragen,
Wo verderbte Bosheit schürt.

Wo gilt Dunkelheit abzulegen,
Wo von unnahbarem Mord geträumt,
Wo unverzeihlich Silberglanz erlangen,
Wozu im Tode weinend aufgebäumt.

Wo verkommt der feinste Sinn,
Wo erklomm die Kälte meine Hände,
Wo ist die Würde, die ich bin,
Wozu die Zeit des Menschen Zeugnis.

Und wahrhaftig ist der Will′ des Herren

im Bilde unter selig´m Haupt;
aus dem sprühten scheußlich Blitze nieder,
dem Irrlicht allen Leids geraubt!

Und wer unter seinem Zeichen tobte,
alt an Rache, neu am Blut,
und am Menschsein sich erprobte,
trat hervor: Es ist gut.

Im Kronos aller Weltenflammen
sind Gestalt und Meere noch zusammen,
im Gewimmel uneins sich vergeudet,
von allem leeren Trost lebendig abgehäutet.

Auf welchem Grab ist Sieg geschrieben,
aus sanftem Traumwerk Schlafgebet entstiegen,
dass durch sie und durch sie alles,
verblüht im Glanze listigen Zerfalles.

ABGLANZ DES LEBENS

Liebliche Erinnerung durchstreift meinen Geist
und lässt mich auffahren,
erblicken die Natur, wie sie mich heißt,
in ihrem morgendlichen Tau gesund mich zu baden.

Vorüberziehen die Wolken vergangener Nacht,
zeigen, was ihre Wirkung ans Licht gebracht.
Den Unrat der Welt, weggewaschen in einem
einzigen Guss,
und nur die Schöpfung allein weiß um diesen
Verdruss,
was sie getan hat
mit der Schaffung des Menschen.

DER SIE LIEBT, DER SIE LEBT, DER SIE ATMET

Was lässt sie wachsen, was sie entstehen,
was lässt sie zerfallen, was sie vergehen,
welch´ Kraft kann ihr widerstehen,
bringt sie die Menschen doch zum Verstehen?

Bei Kuss und Kerzenschein
hüllt sie dich ein im lieblichen Hain,
lässt verkümmern deine seelische Pein,
um zu beleben dein zerrüttetes Sein.

Deine Wärme und Geborgenheit
führen mich zu Zärtlichkeit,
zu berühren deine Sinnlichkeit,
zu lieben dich in Ewigkeit.

Und dann hab ich dich geküsst,
wo dies eine Lied zu Ende ist:
wo ich dich liebe,
wo ich dich lebe,
wo ich dich atme.

WANDERSRUH

Blutrot mein Helios brennt vom Himmel,
zu verkünden den neuen Tagesbeginn,
um zu wecken die Erdengeschöpfe,
um zu ermutigen neuen Lebenssinn.

Felsige Höhen das Menschlein möcht´ ersteigen,
zu erlangen das schneebedeckte Grab der Liebe,
die ihm genommen wurde mit dem Hiebe,
des schicksalhaften Schweigens.

Der Wind braust auf, der Frost sein Herz erfasst,
doch des Wandrers Mute ist gefasst,
Tal und Klippe, Meer und Strom,
Wald und Wüste zu durchqüren,
um mit seiner Lieb` wieder eins zu werden.
Nie vergessen, nie gestrichen aus
seinem Sphärenverstand, nur verdrängt
die Qualen der Erinnerung an dies gebrochen´ Band.

Ihre liebliche Stimme erfüllte sein
Herz in manch dunkler Stund´,
vornweg genommen den
seelischen Schmerz, der ihm wurde kund.

Ach, oh weh, wie himmlisch deine
Lieb´ doch sein muss,
wenn sie hinwegnimmt allen
Lebensverdruss,
mit einem einzigen
leidenschaftlichen Kuss.

CERCA TROVA

Das Grab aus Stein gemacht,
feiner Regen fiel ganz sacht,
die Frau zum Weinen hat g´bracht,
die Menschheit zum Narren hat gemacht.

Moment erstarrt, entbehrt den Sinn.
Ich blicke sie an, sie schreitet dahin,
entreißt mir das Herz,
allein verbleibet dein schlagend´ Schmerz.

Sie greift nach mir, ich bin erstarrt,
als ich begreife, dass sie verharrt:
Lächelnd ist´s doch nur ihr Spiel,
dem ich rasch zum Opfer fiel.

Freudenfeür erhebt sich aus finstrer Nacht,
zeigt, was Menschennatur zusttande gebracht:
Ich stehe einsam, gar gebannt
und bin im Wasser fast verbrannt.

MEIN REGEN

Eine Blume, die sein Herz nicht kennt,
aber das Liebesglück benennt,
die dich mit garst´ger Dorne sticht
und dein jämmerliches Herz zerbricht.

Vom Rot der Blüte schon geküsst
erblickt der Freund, hat ihn entrüst´:
Ein schauerliches Stück sie webt,
mit dem er nun für immer lebt.

Von hehrem Todesröcheln sich beströmen,
lechzen Freiheitsklänge, allein im Lied verhöhnen
und der Wächter eigene Pracht verwies
und sich zu nichts bewegen ließ.

UNGELIEBT UND UNGEKÜSST

Gräulich trübt die Wolkenfracht
sternenklare, helle Nacht;
verdeckt die farbig´ Blumenpracht,
enthüllt das Dunkel, er erdacht.

Sanft umstreichelt warmer Wind
des Frühlings zartes Wunderkind,
frohlockend tanzt das Kind sich ein,
wiegt sich hinauf zum glänzenden Schein.

Ein Licht entspringt den alten Augen,
lässt verängstigt das Kinde lauschen,
bringt sein Blute rasch zum Rauschen,
lässt es an der Hoffnung saugen.

Raschelnde Schritte bewegen sich wieder,
verlaufen dem Alten nicht zuwider,
denn das Kinde wiegt sich fort im Fieber,
hat den Manne nun viel lieber.

Dieser will es an sich binden,
seine Lieb´ in diesen Augen finden.
Jetzt schreiten sie Hand in Hand,
ertrinken zeitlos im feurigen Band.

DISTANZ DER FREUNDSCHAFT

Ein Freund ich nur bin
und komm nicht umhin,
dich zu begehren,
dich zu verehren.

Bin dir so nah und doch so fern;
so bete ich zu unserm aller Herrn:
Befreie er dich aus erdrückender Enge,
und ich führe dich in erhellende Klänge!

In diesem Moment, wo wir uns nicht kennen,
den darf ich den glücklichsten nennen.
Doch als ich dich sah und es um mich geschah,
ging ich hernieder,
fand dich nicht wieder.

Ein Abglanz von deinem
nenn ich den meinen,
möcht′ mich nicht rächen,
möcht′ dich nicht brechen.

So treffe, mein Liebchen, die Entscheidung geschwind,
sonst ist die Chance verloren im Wind.
Ross und Reiter stehen bei dir,
so schwinge dich auf und folge doch mir!

Trübes Gestade ich selbst durchfahre,
wabernder Nebel, in dem ich verharre,
wo Winterskälte bricht,
um zu enthüllen vertraute Sicht.

Betörender Duft raubt mir Verstand;
ist dies dennoch von irdischer Hand,
eine Haut wie warmer weicher Samt,
die mich zum Bleiben hat verdammt.

Deine Augen, Liebste, nehmen die Nacht;
nur ein Gedanke, nach dem ich tracht´:
Mich für ewig an dich zu binden,
meinen Frieden in deinem Herzen finden.

WIRD ES MICH RETTEN?

Brodem der Sehnsucht flammt in mir,
verzehrt mich zur Flucht, reißt mich zu dir.
Ketten der Einsamkeit, die ich nicht zu sprengen vermag,
Bande der Zweisamkeit, denen ich nicht mehr versag.

Nie mehr ich möcht` missen,
nie mehr ich wissen,
was mich trieb beflissen
zu lachhaftem Gewissen.

Die erhitzten Gemüter und windenden Leiber
sind des Frühlings findende Treiber.
Ihre Lieb´ ward durch den Sommer gekrönt,
eine Elegie, die dem Schmerze nur frönt.

BLUT, NUR BLUT FÜR DICH

Regen peitscht auf den Rücken.
Wind heult auf, lässt Schreie entzücken.
Dunkelheit legt sich auf Heerscharen nieder,
gibt ihr die alten Klauen wieder.

Tausende Gebeine und strömendes Blut,
gellende Schreie und vernichtende Wut:
Ob Freund, ob Feind, alles wird geeint,
in einem Feuer, das weint, in einer Welt,
die ist nur Feind.

Feuriger Brodem der Sehnsucht
holt mich zu Pferde, hilft mir zur Flucht,
bringt mich zu Erden, gibt mir die Lust,
den Menschen zu quälen in seinem Frust.

Asche fällt vom Firmament,
ein Grauen, das kein Erbarmen kennt,
verdunkelt das Feld des ruhmreichen Siegers,
erhellt die Glorie des einsamen Kriegers.

HOFFNUNG

Grauer Nebeldunst umwabert mich,
Zwielicht der Meinen ertränkte sich,
im Blute der Dornen der ergrauenden Flur
reckt sich ein garstiges Knöchlein empor.

Die weiße Hand greift nach Leben,
denn was ihn narrte war ein Segen:
Des Schlachtgetümmels Seelentor
gaukelt dem Leben Liebe vor.

Doch Wahrheit wird geschrieben im Felde,
dies gibt zu erkennen: triebhafte Kälte.
Wo Menschengeschlecht sich zerfleischt mit garstig Geschick,
seh´ ich Mutternatur in tränenfeuchtem Blick:
geschaffen ein Ort der Harmonie,
der verstümmelt verbleibt in ihrer Empathie.

So möcht´ ich nur sein, mit dir allein,
diesen Moment von Zeit befrei`n,
um zu treiben und zu schweben
menschlichem Glück auf Erden entgegen.

HINFORT

Dumpfes Grollen erschüttert schwarze Nacht;
Träumereien meines Firmaments verlacht,
allein, ständig und ewig verdacht,
gleite ich in Schatten ganz sacht.

Augen, die ich nie unter Tränen erkannte;
erdrückt unter trostlosem Willen, der mich bannte
und meine Gefühle für Frohsinn verbrannte,
war doch ein Schutz, der mich zu dir sandte.

Von Liebe kalter Klauen gepackt,
treib ich umher, im Lichte nackt,
um die Erde mit dem Blute zu röten,
um ihre Feinde alle zu töten.

Ein stummer Schrei erfüllt meinen Hain,
ohne dich vermag ich nicht mehr zu sein.
Der Körper ruhig und unbewegt
wartet im Kampfe gebrannt und gepflegt.

Freiheit, ja sie treibt nur mich,
dies ist Einigkeit durch dich,
ihr Herren und ihr Götter
nun weiß ich, ich verdient` es nicht!

Sehnsucht schenkt dir geistige Kinder,
sie sind deine Gezeitenfinder,
sie werden sich an Sterne krallen,
von denen wird nur einer fallen.

Sei das Schicksal dir gewogen,

die Menschen spannen ihren Bogen,
schießen ihren Hass dir ins Gesicht,
und ich erfreue dich mit lieblich` Gedicht.

Dein Herze beugt sich langsam vor
und flüstert Wahrheit in das Ohr:
Nimm den Frühling vom Gesicht,
dies ist deine Liebe nicht.

LUPUS

Kein Verständnis der Mensch gewinnt,
sei er doch des Schöpfungswunderkind.
Zu viel des Guten ich vollbrachte,
nie mehr als eine Handvoll er selbst erdachte,
mit dem er sich in Frieden betten
und seine Seele könnte retten.

Doch erblickt er aus dem Tale Grund,
eine Hoffnung, die ihm gedeucht er ward gesund,
ist er doch sogleich vermessen,
dies als Wahrheit nicht zu brechen
und den Sinne zu erfassen,
anstatt Verborgenes sogleich zu hassen.

Erkenntnis soll er für sich gewinnen
und nicht Trieben frönen, wie von Sinnen,
so eng der Platz auf jenem Pfade,
der Allgegenwart verödetes Gestade,
den Erntekranz der Menschensitte finden,
über Dornenbrücke Gezeitenstrom entschwinden.

KLUFT

Dunkelheit umfing meine Augen,
ich weiß es noch wie heut´,
ich konnte nie mehr für etwas taugen,
war nur Diener fremder Freud`.

Blutig meine alten Hände
gaben traurig schnelles Ende,
wenn mein Puppenspieler zog,
erlöste ich von fremder Not.

Kein Käfig mich gefangen hält.
Stein und Mörtel sind aus Luft.
Mein Hass mich dieser Prüfung stellt.
Ich schicke niemanden in solche Kluft.

Ein Schicksal, in das ich mich ergebe,
damit meine Seele dies nicht verlebe,
denn eür Hass wird niemals enden,
werdet selbst noch eure Kinder schänden.

Stummes Leid wird niemals geheilt.
Alle Wörter, alle Gesten sind am Ende doch nur Stich:
Auch wenn dein Messer mich zerteilt,
vergesse ich deine Liebe nicht.

VERZEIH

Gram erfüllte meine Seele, zersplitterte mein Herze gar,
könnt` ich nicht, was Sehnsucht stahl,
zurückgewinnen Jahr um Jahr!

Meine Inbrunst und mein Feuer waren des Verses holdes Glück,
doch Wärme war es, die mir fehlte,
war ich doch nur leblos` Stück.

Nun der Morgen unsrer Heimkehr rückte zum Ergreifen nah,
doch ich Tor verzweifelte,
erblickte Grausen, das nicht war!

In tiefster Trauer bin ich erblindet,
gefährdet, was mich heilte fort,
mein Herz nicht mehr das deine findet,
bin ich allein im Walde dort?

Nichts mehr verbleibet, wie es gelebt,
der Mond ist meine Sonn` geworden,
und Schatten ist im Licht verborgen,
keine Erinnerung an dich je vergeht.

WO BIST DU NUR, WO VERBLEIBST DU?

Mich graust´s, wenn ich in die Ferne schau,
so oft ich auch blicke, erkenne nichts genau,
denn auf dem Wege ist kein Rat,
was bin ich nur, hab keine Tat!

So soll´s das nur gewesen sein,
kannst mir gar nicht mehr verzeihen?
Mich treibt´s zu dir, doch bin ich vermessen,
das Liebste, was mein, einfach zu vergessen!

Tausende Blicke sagten es dir
und hundert Küsse vereinten´s in mir:
Die drei kleinen Worte, die alles vertrieben,
die so oft besungen, so oft geschrieben.

Doch bracht` ich nie diesen Zungenschlag,
und nun bist du fort, hab dich verjagt,
so dein Antlitz ich nie wieder berühre,
mein Ein und Alles ich nie wieder verführe?

Noch einmal nur dich in Liebe halten,
dich schützen vor allem Trug und Gewalten.
Oh, liebstes Paulinchen, erkennst du es nicht?
Ich bin der Deine, nur auf ewig für dich.

DER WINTERREITER

Der Strom war lang, die Ufer breit,
die Flur ergraute, der Wald verschneit;
und des Reiters Galopp erklang in der Tiefe,
aus dem sie ihren Beistand beriefe.

Frost und Wind erfassen den Reiter,
ziehen und zerren am wackeren Streiter,
doch unbeirrt sie gibt die Sporen,
ist sie ein Diener alter Horen.

Erneut sie stimmt ihr Liede an,
gibt zu verkünden, was nicht begann:
Erwache, erwache aufs Neü doch nur!
Erkennst du nicht, was reitest so stur?

Ein Knarren, ein Ächzen den Forste durchläuft:
So lasse mich doch ruhen, bin gescheiter,
dir nicht zu vertrauen, du holder Reiter,
am Ende doch nur im Grün du ersäufst!

Den Splitter meiner Achtsamkeit
seid ihr nicht wert, geht schrecklich zu weit!
Jetzt weiche hier an diesem Flusse,
oder du erhältst des Frühlings frischen Kusse.

Was du nicht vermagst dir selbst zu nehmen,
wird nicht erreichbar durch inniges Sehnen!
Der Weg ist versperrt, du kannst nicht passieren,
und willst du Gewalt, so wirst du erfrieren!

Ich bin der Herrscher dieser Welt,

so nehme ich mir, was immer gefällt!
Mein Wort ist Befehl, beuge dich, Knecht,
bin doch ein Mensch, also immer im Recht!

Komm nur, komm, oh herrlicher Gott,
meine Fluten werden dein Schafott!
Mit Übermut gehst du weiter voran,
keine Erkenntnis, die ich für dich ersann!

Des Reiters Galopp erklang in der Tiefe,
aus dem sie ihren Beistand beriefe.
Das wallende Getose zog ihn zum Grund,
ertrank er im Eise, zu jeglicher Stund`.

NACHT

Gluckernd floss der Bach entlang,
zog sich rau zum Himmelskamm,
der mit Sternenlicht verzehrt
und die Macht des Toten nährt.

Witternd seine Sinne schwinden,
um die kleinste Angst zu finden.
Reglos sich das Wesen glaubt,
was der Mensch ihm gar geraubt.

Waldesboden wird zum Träger
für die Saat der Todesjäger:
Jeder wird zum Leid sich fahren,
wird er dieses Gifte tragen!

Entzwei, entzwei, er steht im Dunkeln!
Einsam, leer seine Augen funkeln
und locken jede Sphäre an,
brechen jeden Himmelsbann.

Komm nur, komm du Urgewalt,
entreiß mir, was mich hat verblendet,
damit mein Geist im Sinne schallt,
damit mein Leben sei verwendet!

SEHNSUCHT

Tief bewegt die Tänzer schreiten,
durch die Kerzen erhellten Weiten,
im Takt der Klänge ihre Herzen schlagen,
den Akt der Liebe sie mit Blicken jagen.

Ein Flüstern durchdringt ihren Leib,
langsam ihre Wonne steigt:
liebkosend streichelnd, sanft berührend,
zärtlich windend, sinnlich verführend.

Lustvolles Stöhnen dringt aus seiner Kehle,
umschmeichelt ihre berührte Seele,
Kleider und Kummer gleiten zu Boden,
Liebe und Sinne versinken zu Oden.

Heiß mein Atem bemächtigt sich,
saugt und küsst nur für dich,
hält dich in Wärme, in lieblichem Schutz,
eine Hoffnung jetwedem Bösem zum Trutz.

ABSCHIED

Vom Winde verweht steht im Dunkeln
eine Existenz von menschlichem Funkeln.
Ist´s ein Wesen, verstoßen von dir
oder ein Bruder getrieben von Gier?

Gestalten bewegen ihren Singsang allein,
ewig das Gleiche, nutzlos zum Schreien:
Sie geben sich im Bruderbande!
Einzig Verrat birgt ihre Schande!

Sie küssen und herzen
freuenn und scherzen:
mit dem Gedanken
für ewig zu zanken.

Freud und Lieb vergibt sich er,
um zu erhalten die neue Mär:
Im Schatten sieht er sein Leben stehen,
im Lichte versucht unterzugehen.

Styx, oh Liebster, fährt er im Flug?
Sind´s seine Planken, steht er am Bug?
Ich sehe sie, erkenne alle Gesichter,
die tief verschleierten glimmenden Lichter.

Enges wirkt offen und Weites zu klein,
bin nur betroffen vom menschlichem Sein:
Kunst und Musik und ein Lachen von dir
sind meine Treiber, halten fest zu mir.

MORGEN

Die Sonne küsste schon den Morgen,
verdrängte alle Qual und Sorgen:
Als deine Stimme süß erklang,
wurden einfach Worte zum Gesang.

Der Nektar von Bacchus` goldenem Trunk
floss zum Vergnügen der ehernen Stund`:
Im Lichtkleid du räkelst die Grazie empor,
und unsere Herzen vereinen´s im Chor.

Von Dianas Munde neu verkündet
umkreiste dich, was mich verbündet:
Ein Wispern fiel dir in den Schoß
und versetzte mir den Todesstoß.

DAS ALTE LEID

Durch Dunst und Regenwolken
brach die Sonne,
entfachte neue Lebenswonne,
gab alter Hoffnung neün Mut,
entrückte aller Lebenswut.

Klangvoll erschienen ihre Gaben
und ließen keine Augen darben.
Harmonisch leuchtet im Grüne satt,
die Flur von Wintersschlafe matt.

Gebracht zum neuen vollen Leben,
nahm ich dir, was mir gegeben.
Und im Kleide alter Lichter
gab sie Glück dem Todesdichter.

Getrennt von dir, in weiter Ferne,
funkeln Erinnerungen unserer Sterne.
Bist du so einsam und zerspringst,
sie steht hier und du vergingst.

NUTZLOS

Vereinzelt steht im Tränenregen,
Gesellschaft ist für sie zugegen,
war es ihr alt verstimmtes Klavier,
goss Feuer in meine zärtlich´ Gier?

Bis der erste milde Ton erklang,
verkündet sie den Untergang.
Doch als die Stimme vollendet ertönt,
verging alles, war in edler Dichtung geschönt.

„Ersehen und nichts hervorgebracht,
niemand dein Zeugnis je überdacht,
ganz für dich bist du allein,
will mit dir denn nimmer niemand sein?“

Flüsternd ging sie in den Tod,
keiner erkannte ihre Not:
Alt verstimmt war das Klavier,
goss Feuer in meine wilde Gier.

Allein durch Bitternis ist Wort die Tat,
dem blitzenden, unverwelklichen Verrat,
dem Grimm verödet, ungeweihtes Gesetz,
vergeht und wiederkehrt im Mord zuletzt.

EIN ANBLICK, DER BELEBT

Im grünen Taleglanz
summt im bunten Treiben,
erfreut sich selbst am Reigen,
das Leben frohet ganz.

Vom Blütendufte Traurigkeit
regt sich im Gras die Einsamkeit;
streckt und bettet die müden Glieder,
summt für sich die Lebenslieder.

Gesang ertrinkt in seiner Kehle,
mischt sich in die blühend` Seele.
Melodisch tanzend fließen die Worte
und öffnen seine himmlische Pforte.

An seinem Herzen liegend
und ihre Lippen wiegend,
ist seine Seele ganz
in ihrem Augenglanz.

HIMMELSFLUG

Vom Herbste gefärbt liegen die Blätter,
vom Winde gestreichelt verfliegt der Retter;
durch luftige Quest er breitet die Flügel,
schwebt über Schwellen und steile Hügel.

Begleitet vom Rauschen des wogenden Meeres,
schritt er voran zur Kunde des Heeres:
Getrieben von dir und sehnsuchtsschwer,
gibt es vor Gier keine Wiederkehr?

O sieh die Sternennacht erglühen,
die Einsamen für sich erführen:
Wie sie erhellt, was der Morgen verdunkelt,
dass sie im Walde zwielichtig funkelt.

Entschleiert steht die Morgenröte Ewigkeit,
geküsst von traumgesicht´ger Gestalt,
hier halt` ich dich in Zweisamkeit,
bis wir in Wärme vergehen eisig kalt.

NACHTGEDANKEN

Schatten dich am Tag verfolgen
und dein Herze dir vergolden.
In schwarzer Nacht du läufst dahin,
obgleich du stolperst ohne Sinn.

Friert dein Herz an manchen Tagen,
auch wenn du dich in Glut befändest
und alle Bitte zu mir sendest,
so wärmt die Stimme dir die Fragen.

Ohne sie bist du allein,
hörst endlos deine Seele schreien.
Komm nur, komm zu mir Gevatter,
labe dich an meinem Blute satter!

Harmonisch liegt verstummter See
im holden Grabes Glücken weh,
weder Trän noch Blut
schiebt Wog und Welle;
starrer Schatten - mein einzig´ Geselle.

WINTERZEIT

Wo feinster Klang die Herzen erfreut,
wo im Augenlichte der Regen zeugt,
was als verloren gedacht und wieder gefunden,
wird nicht verbleiben, nur kurz gesunden.

Ein Schatten unter dem Geiste schwebt,
beobachtet, doch nie vergeht.
Ein Wächter der Nacht für jede Seele.
Ihr Blute strömte aus seiner Kehle.

Spiel der Ströme, windende Gezeiten,
schreiten umher, geben Trug und Gestalten,
meine tanzenden Lichter
beschönigen leblose Gesichter.

Erwartung gesetzt, zum Vergehen verdammt,
verblassen Erinnerungen im geistigen Brand.
Nur dämm`risches Funkeln legt sich in der Stille.
Keiner verbleibet, keiner verlebet, alles ist Wille.

LASS MICH KEINE ROSE SEIN

Getaucht im Rot des Morgenlichts,
umweht vom sanften warmen Nichts,
gibt mir die taugeküsste Blume
von ihrem hoffnungsvoll beglückten Ruhme.

Herniedergehen zu ihrer Tiefe Schoß´,
diese blutgetränkte wilde Ros´.
Aus Erdenreich sie ward entnommen,
wird sie fort zum Himmel kommen?

Ist´s vollbracht, die Sonn` gesunken,
erblühte sie ganz liebestrunken,
nur Sterne geben ihr noch Licht,
verwächst sie doch am Tage nicht.

Vergessenheit zerpflückt die Blüten,
tosend ihre Wurzeln wüten,
doch Halt bleibt ihr für ewig verwehrt,
ist´s die Wurzel selbst, die sie verzehrt.

DER STROM DES BERGES

Eisig fließt der Strom vom Berge,
zerschneidet sich im Tale Wald,
wirft sie in die offenen Särge,
gibt den Menschen keinen Halt.

Am Fuße steht erbautes Heim;
gewachsen über Jahr mit Stein.
Umsäumt von der Fluren sattem Grün,
wächst Eintracht in dem Tale kühn.

Die Dächer des Eises, geschmolzen im Lenz,
füllen die Täler und Bäche zur Gänz`.
Hüllen die Ähren in bläuliches Qüll,
entzünden die Feür, am Himmel so hell.

Im Wurfe des Schattens die Menschen erkennen,
können nicht fliehen, brauchen nicht zu rennen,
wie eisig der Strom vom Berge fließt,
ihre Seelen in die offenen Särge gießt.

DIE VERSTORBENE

Geblickt auf die Zeiten, so erquickend genährt,
die Gunst unserer alleinigen Schöpfung gelehrt:
Die Knechte aus Irre und Tücke verlachten,
das Glück und die Welt, die wir ihr gedachten.

Ob nah, ob fern, sie ist der
Hauch des Lebens,
der Liebenden ist sie
Schutzpatron,
ihre Lippen geben deinen Thron,
denn alle Intrigen sind vergebens.

Sanft meine Lippen dich verführen,
ich wünscht`, ich könnt dich ewig spüren.
Poesie meiner Sinne bist du für mich,
herzen und küssen will ich nur dich.

Geblickt auf üppige Gaben der Abendweiten,
fliegen die Raben, unter denen geschwinde wir reiten:
Empor, himmelhoch meine Inkarnation,
entbundener Priester der Revolution.

DU

Du glaubst du wärst der heilige Schein,
lockst jede Seele, zarter Stimme fein,
du denkst, du bist das Weltengesicht,
gibst niemals auf und tötest doch dich.

Ross und Reiter stehen eng bei dir,
so schwinge dich auf und folge doch mir,
reite den Pfad gen Norden geschwind,
wo ich ward gefressen von den Gezeiten Wind.

Leise, leise schleichst zu Erden,
versuchst zu entkommen, den brennenden Schweren,
doch dieses Inferno hält ewiglich in Ketten,
niemand, oh niemand wird dich je retten.

Komm in die Hölle, hinunter zu mir,
lasse dich knechten, schlagen von dir,
denn deine Schuld sei nimmer beglichen,
alle Freud dir auf immer entrissen.

Gespaltenheit aus dir gefahren,
ausgemerzt das Werk des Narren,
das die Lust der Stärke dir gebracht,
deinen Triumphe so ruhmreich ganz entfacht.

VON SILBERNEM KLANG

Von Zinnen hoher Wehrenklang,
drängen Trompeten im silbernen Klang,
erfüllen die Träume in schimmernder Nacht,
die Heiligkeit des Winters erwacht.

Verspiegelt glänzt der Himmel mir,
zeugt mein rasend` Hass nach Gier,
Gier, die mich zum Blute führt
und auf ewig mein Sehnen rührt.

Meine Klinge, rostig alter Stahl,
gibt mir die Freiheit in dem Saal,
den du geschaffen für das Kind,
das wild für sich nur schlägt im Wind.

Seine Wut schreit deine Klagen,
leitet sie auf alten Tagen,
gibt ihrer Hoffnung neuen Trost,
versetzt ihr doch zum Tod den Stoß.

SIEH

Behende ging die junge Frau,
über Feld und Wiese lieblos Grau,
sprang über Fluss und Bächlein, reicher Schwall,
kam zur Kirche, Tribute dem Verfall.

„Oh Herr, Erbarmung unser, was ist geschehen,
kann niemand mehr mit Herzen sehen?
Nicht Mauer und Turm ist unser Fleisch,
unser Glaube allein ist dein Himmelsreich.“

„Im Grase hier liegen alle sie nieder,
verrenkt und gebrochen, allem zuwider,
doch wende den Blick in ihre Herzen,
ich erkenne das Glimmen eurer Kerzen!“

„Wir stehen still im kalten Glanz,
erfrieren unter Deinen Händen ganz.
Bist du nicht Gott, der Schöpfer aller Welt,
ziehst gegen eigenes Werk ins Feld?“

„So höre mich, mein Vater, meine Seele,
ist´s der letzte Lobgesang aus meiner Kehle:
Halte auch mit dir Gericht,
denn wo kein Schatten ist, ist auch kein Licht.“

Behutsam ging die junge Frau,
getragen von sanften Winden lau,
ließ ab von Erden hoher Flut,
stieg hinauf zum Herren bleicher Wut.

DER KASTANIENBAUM

Immerfort stand der alte Baum,
unter ihm schlief manch wilder Traum,
weit streckte sich das starke Geäst,
gab allen Chören edles Nest.

Zu hohem Gewölb` sein Dache sich spannte,
und seine Unendlichkeit Schatten übertraf,
meine Welt an ihren Säulen entbrannte,
um den Throne beselg´em Schlaf.

In unterstem Grund entsprangen drei Qüllen,
schossen empor, über Wurzelsschwellen:
Nach Norden und Westen flossen die Tränen,
die sich stets zu siegreich wähnen.

Nach Osten schwoll der Strom zum Meer,
Nach Süden floss er unter Tage
zu den Wüsten trockener Nabe,
bis in die weiten Gipfel Speer.

Im Norden ward er Brunnen der Sage,
der nährte die Schätze unter Tage,
die jeder Gräber sucht zu finden
durch die Borke dicker Stamm.

Die Weltenfessel umarmt den Fang,
zärtlich ihren Untergang,
kein flüssiges Glück im eigenen Leben,
bloß ein Baum auf festen Stäben.

TOTGEBURT

Ihr Blick schweift wild umher,
sie sucht die Klippe und das Meer,
bäumt sich auf vor Schmerz und Qual,
in Flammen ihr Gesicht scheint fahl.

Die Trauer tief in sich gesenkt,
Erinnerung im Wein ertränkt,
die Lippen blutig, wund gebissen,
heiße Tränen auf dem Kissen.

Die Kleider hängen los am Leib,
all ihre Furcht hat sich befreit,
die Venen pulsieren in feuriger Glut,
brechen sich in schäumend roter Flut.

Ihr Aug scheint tränenleer,
findet die Senke und das Wehr,
geht hinab und gräbt sich ein,
wiegt sich hinauf zum purpurnen Schein.

Treibt sich das Messer in den Schoß,
versetzt sich selbst den Todesstoß,
die Klinge fährt ihr in den Leib
und sie schreit:
Nimm weg das Kind.

WAS LIEBE IST?

Ist es das Kribbeln im Bauch, wenn ich dich seh`,
Ist es, wenn ich Hand in Hand mit dir spazieren geh`?

Sei es der erste Kuss von dir
oder das letzte Gedicht von mir?
Sei es die erste Nacht zu zweit
oder der erste gemeinsame Streit?
Vielleicht, dass man sich nie vergisst,
oder kannst du mir sagen, was Liebe wirklich ist.

DAS GRAUEN

Die Tür geschlossen, alle Fenster verdunkelt,
gähnende Nacht über deiner Liegestatt munkelt,
wie du die Glieder von dir streckst
und dich zu ruhigem Träumen reckst.

Aus schwärzester Nische beschützender Enge,
durch Wände kalter Stein,
quoll ein Gedränge
in die Zuflucht hinein.

Krallen und Klauen, Hörner und Flügel
ritten empor durch Riss und Spalt,
die Schar zu Tode geballt,
geführt mit hartem Zügel.

Frohsinn entweicht aus zitternder Brust;
nähret die Fäulnis, dem Teufel zur Lust;
spannt die Schwärze über feurigem Antlitz,
erhellet die Lichter, Fackeln des Wahnwitz`!

Vom Umhang tropft ein schwarzer Regen,
färbt dein Fleisch, dem Tode ganz oblegen;
schürt die Flamme der Peinigung!
Immerdar; deiner Marter Verkündigung!

„Du tötest, du machst lebendig,
du bist geboren, du bist zukünftig
im Grenzenlosen so herrlich gewaltig,
wo kein Wesen dir kann folgen.“

„Mein Reich bleibt eine Feste,
nicht von deinesgleichen auch der Beste.
Für deine Sünden keine Hölle,
keine Läuterung für diese Völle.“

DIE SCHALE GANZ

Es rauschten im lauen Walde
die Blätter auf hohem Kranz
und gaben ihr Flüstern balde
im Meere des Farbenglanz´.

Die Bäche gestillt durch die Träne der Welt,
fließt sie empor, zu den Bergen gestellt,
von den Winden getragen, zu den Meeren gesandt,
wird sie fort treiben zu schneeweißem Strand.

Die Schatten umschlungen im Liebesspiel,
die Borke der Bäume zu Staub zerfiel,
umarmte im Traume die Wurzel des Sprosses,
wuchs zum Verderb dem Galoppe des Rosses.

Eintracht ist die Frucht des Baumes,
die alle Kinder nährt.
Bedacht sei die Saat des Raumes,
die alle Schwachen wehrt.

Auf und ab das Wasser füllt die Schale ganz,
ist in diesem Flusse ein wildberauschend Tanz.
Gar jeder Mensch frohlockt in ihrem Bann,
welch` Harmonie, wenn keiner nach Leben sann.

Mit Mute zum hohen Treiben,
verspielte sich im dichten Reigen
die Harmonie, die ich ersann
und im Samen zu blühen begann.

DER KLEINE MANN

Ist´s nicht merklich Hohn,
neuer Schädel unter eurem Thron?
Treibt´s euch ganz zum Weltenlohn?
Verbrennt ihr noch den letzten Sohn?

Wolltest uns der Nächste sein,
branntest die Melodie ins Gebein,
riebst die Flammen in die Lenden,
ließest uns mit Licht verblenden.

Bist der Zweileib dieser Welt,
der Letzte, der sich selbst gefällt.
Bist der Pfahl für unseren Leib,
für unser Buch die letzte Seit`!

Doch des Meisters alte Qual,
ist des Jünglings neür Stahl.
So halte inne, bewusst sei dir:
Süßes Blut hat auch ein Stier.

Geborsten an Blut, im Mitleid ersoffen,
steht Niemand im Feld,
kein Opfer keinem Held,
jede Spitze hat Herz getroffen.

Ramme deinen Kopf auf einen Spieß,
komme hinauf ins Paradies!
Bin der Wächter neunter Pforte,
wo ich deinesgleichen horte!

VON BRUDER ZU BRUDER

Gemeinsam das Licht des Lebens uns erweckte
mit einer Botschaft dieser Welt zur Kunde
und blutete fortan zu jeder Stunde,
die kein Schweigen je bedeckte.

Zwei junge Narren wuchsen heran,
durch Todeshunger und Bitterkälte,
der Grausamkeit nimmer im Zwiespälte,
verschlungen, andachtsvoll zur Ehr´ des Edelmann.

Getanzt im tollkühnen innigen Takt,
berauscht vom elysischen Liebesextrakt,
getragen in Anmut des bebenden Erwachens,
über die Gemüter hohlen, fremden Lachens.

Das geforderte Werk ganz vollbracht,
trotz letzten Versuchen nichts erdacht,
besticht einzig die Unendlichkeit der Trauer,
legt sich ein Niemand auf die Lauer.

Um einmütig und zu Tausenden, am Ende
sinnlos, er doch stirbt.
Einzig Freundschaft überlebt die Höllenbrände,
die über den Tod keine Sucht verdirbt.

DIE MAÜR

Sie sind hierhergekommen in unser Land,
haben eine Mauer gebaut und es ihres genannt.
Sie kamen mit Feuer, Tränen aus Stahl,
raubten das Leben, das Land wurde kahl.

Türmten sie auf, droben in der Nacht,
schienen nur ihre Fackeln, unserem Sturme wacht,
der brandete als Rinnsal steht,
solang` wie sich der Himmel dreht.

Sie sind hierhergekommen in unser Land,
haben eine Mauer gebaut und es ihres genannt.
Sie kamen mit Feuer, Tränen aus Stahl,
raubten das Leben, das Land wurde kahl.

Einigung durch Feindes Hand,
schlossen unseren Kriegesband,
der hallte als ein einzig` Horn,
gespiegelt an den Bergen Zorn.

Sie sind hierhergekommen in unser Land,
haben eine Mauer gebaut und es ihres genannt.
Sie kamen mit Feuer, Tränen aus Stahl,
raubten das Leben, das Land wurde kahl.

Unsere List erdolcht, im Schnee verschwunden,
liegt im Totenblick unserer Kinder versunken,
des Nordens blaue Nacht unter den Lidern,
erhoben sich mit gebrochenen Gliedern.

Jetzt droht Gefahr in Heimat und Ferne,

heulen die Wölfe nach unserem Blut,
mobilisieren wir die letzte Kaserne,
auf, meine Gefährten, in die letzte Schlacht Glut.

Noch ein Todesstreich, noch einmal im Kriegsgebrüll,
steht unser Widerstand im nächsten Eophyll,
zu den Waffen, der letzte Kuss dem Schwerteziehen,
allen Hass verzehrt, verbrennen lieber, anstatt zu knien.

DER BADER

Der Wagen rollt, der Schimmel im Trott,
treibt meine Heilkunst, unserer Kirche zum Spott,
über die Landen zu den Armen und Kranken,
die im irdischen Pfuhl so erbärmlich ertranken.

Gebe meine Kunst, meine Hände, mein Wissen,
auch mein Herz, im Leibe ganz zerrissen,
drängt auf die Heilung eures Gebeins,
doch nur deine Münz`, die ist ganz meins!

Hier bin ich, Leut`!
Höret mich an!
Ein Freudenfeuer begann,
das euch die Seel` nun mehr erfreut!

Der Bader bin ich, ein stolzer Gesell,
immer tatkräftig und trage kein Fell!
Bin einer von euch, ein Bruder, ein Sohn,
brauche nicht viel, nur meiner Arbeit Lohn.

Doch siehe da, welch hübsches Gesicht!
Mein holdes Fräulein, für euch schreib ich Gedicht!
Kommt in mein Zelt, bin lustvoller Dieb,
ach, fürchtet euch nicht, geb` euch meine Lieb`!

Ob verdreht, gebrochen, Beule oder Pest,
meine Tränke geben euer Krankheit den Rest!
Auch Trübsinn und Blindheit vermag man zu heilen,
doch Brot und Wein kann auch ich nicht teilen.

So, werte Leut`, kommet, kommet zu mir,
bin euer Freund Bader, stets Gehilfe dir!

DER STUMME WUNDERSAM

Mein` Hände über Weiß geführt,
Schwarz im Tode noch geschürt,
die Zeichen sind recht trüben Schlummers,
wirren umher in des Nächten Kummers.

Der letzte Klang im Ohrenkleide trinkt
und Vollkommenheit im Raum erklingt,
ganz ohne Gedanke, ohne jeglich` Gefühl,
gehen Noten hernieder, ein Regen so kühl.

Ein Fluss im Kosmos,
nie ein Ding an sich,
alles eitel, nur die Unbegrenztheit nicht,
ist sie die letzte Ordnung noch im Chaos.

Kein Nachtmahr der sieben Altäre,
nie mehr Gezeter der greisen Megäre.
Tugendhaft und tänzerisch in deinem Augenmerk,
levitieren wir im tückischen Trug des lebendigen Werk.

GUTE NACHT

Fahrig verbirgt er des Meisters Werk,
dies ist das Meine, habe ich vollbracht!
Niemand kann´s wissen, kein Vermerk,
bin der Lotse dieser Fracht!

Kommt nur her, ihr schönen Gaben,
sollt all meine Begierden tragen;
gebrauche euch nach Herzenslust,
nie wieder der Wirklichkeit bewusst!

Herrlich junge Mädchen, alter Wein,
kann es denn so köstlich sein!
Ein üppig` Mahl und so reich an Zeit,
Leben, so ewig in Herrlichkeit.

Wo denn hin, ihr wollt schon gehen?
Für mich bleibt nur das Liebste stehen,
bin itzo so reich, so reich an Tagen
und um meine Werke web´ ich Sagen!

Einen Moment meiner Größe,
deiner Nichtigkeit Blöße,
sollst uns erschaffen,
ihr unwürdigen Laffen!

Hebt Becher der Wollust für meinen Triumph,
sollen die Neider versinken in ihrer Niedertracht Sumpf!
Ein Fingerzeig des göttlichen Willens Gesetz,
en passant auf des schwarz-weißen Bretts.

Ein Epigramm der Lüsternheit,
wahrer Genuss in der Unwissenheit
trüge die Fantasie und schlüge
die Wirklichkeit ganz wunderwürdig.

LUCY

Ist´s Minne, die dämmert im Morgen dahin,
sucht die Drossel im Gesange höheren Sinn,
legt sich Lärchen alt weinender Schlaf,
ein Klange letzter zu goldenem Strahle warf.

Glitzerndes Rauschen umspült Tränen aus Sand,
ergeht ein Funken, zur edlen Nacht Gestirn entstand,
den Sohn des Kindes erster Schrei zu geben,
durch den Tod verborgen blieb im Leben.

Blut´ge Wunde keimte dahin im rinnenden Staube,
sich verfing ein Mensch, der Schicksalstracht im Raube,
eine Tat sich ihrer Freiheit und des Seins selbst bewusst,
sprach die Göttlichkeit als Funke in tiefbelebter Brust.

Unbewegt die erste Saat hernieder in die Hallen fährt,
wo fortan der Glaube in seiner herrlich` Hoheit lehrt,
ist letzter Rat des Verhältnis` Trug,
verbleibet schwarze Träne nicht genug.

Denn alles Sein ist mit und ohne sich im Bunde,
welch ein Geist nimmt von diesem Munde,
rückt die Struktur der Ewigkeit,
in unendlichem Punkte ohne Zeit.

FALKENFLUG

Die Schwingen hoch in Lüfte gleiten,
einmal erkennen der Vögel unendliche Weiten.
Die Lasten getragen vom Winde stet,
gefallen in Flammen, zu Asche verweht.

Im Sturze peitscht ein Tränenmeer,
blättrig die Haut, die Glieder zu schwer,
rasch zu Erden im Falkenflug,
vorbei am Berge Königsblut.

Die Stirne ganz mit Grund vereint,
ein Lichte mehr am Himmel weint,
kein Grab entschlief in dunkler Wacht,
und dunkler Schrecken ward die Nacht.

So ging er ein ins Erdenreich,
getrennt von Zeit und seinem Fleisch,
wandelt er tief unter Tage,
mehrt den Abgott neuer Farbe.

Mein Wolkenbruch ist Weltenmitte,
öffnet weder Klagefragen,
noch hüllt sich in der Bettler Laken,
ist nur des Echos Lebensbitte.

Zu hohen Glocken wallt mein Segen,
unser süchtiges Selbst herniederzulegen,
in den Schoß der Mutter alter Zeit,
geliebten Musen nur all zuleid.

GRAUE DAME

Weilet, weilet, freundlich senkt erzürnte Hände,
die Schatten stummer Totenbrände
hinauf sich träumen, so leblos bleich,
Geistern unter Sternen gleich.

Rasselnd setzt die Graue Dame
zu einem neün Hiebe an,
pflanzte rüden Schmerz im Same,
der den Stolz des bäumend` Rappen
in den Zug des Märchens legt;
in alter Tracht mit neuem Faden zu ertappen,
nimmermehr an Jugend vergeht.

Mit Wanderstab und Lied der Heimat,
zagt kecker Spruch von rissig Lippe,
ist letzte Torheit noch errafft,
springt wilder Wein hinab die Kehle:

„Lasst´s der Wonn` zum Gruße sein,
gebettet das Haupt auf heil´gem Stein,
zum Friedensmarsch sich aufzustellen
und alte Heldentage zu erhellen!"

Des Herkeulen schreckliche Stärke,
gehet noch zu Herzenswerke,
ruft zur edlen Tate deiner Pflicht,
spricht durch Tugend den Huldigen Gericht.

„So rückt auf von Anfang bis zum Jetzt,
was den Sinn entbrachte doch zuletzt,
der Weltenlauf im Menschenfluss,

der Schöpfung Barmherzigkeit im Kuss."
Durch ihr Inferno aufgedeckt,
liegt brach ihr Wesen unbefleckt,
wo Natur und Glaube sich vereint,
liegt Geheimnis in der Stille unbeweint.

Der Weg durch Trommelchor im Klang,
vermutet in meinen Schritt Belang,
weint der Seelennahrung Blut,
Frömmigkeit in Huld und Edelmut.

Schattentrunk im Bild des Spiegels,
entschwebte durch Liebreiz stummer Huld,
brach den sinnlich´ Schein des Siegels,
der Fackeln Licht im Totenkult.

DER SONNENPLATZ

Ringsum im Kinderlachen kreist mein Ehrenplatz,
wo ich Reichtum fand in meinem Worte Schatz,
und unter alter Quelle neuer Brunnen
ward Lied von Weid` und Linde noch gesungen.

Und durch der Bäume feiner Äste
fällt reich der Wind im weiten Weste,
in den Sold des schlaflos` Bangen,
wo Lebenskräfte Alter nie bezwangen.

Erblüht die erste Rebe aus hellem Wasser satt,
entrinnt das Glück in meinem Kelche Blatt,
ein Liebeswort mit Heimkehr gerungen,
ist aus dunkler Knechtschaft abgeklungen.

Und blitzt aus Wolkensaum der Freiheitsglanz,
wärmt mir den liebsten Siegerkranz,
verglüht aus der müden blauen See
mein Schlummergolde, ach, so weh.

So bin ich, wie ich fortgetan,
ein Teil des Flusses im Weltenwahn.
Getragen nicht von Bosheit noch von Gram,
von Lohn und Lieb` auch mein Geist entkam.

UND DUNKLER WAR IHR LEIDEN

Meisterlich sei der gewandet,
der in fremden Wissen sich berief,
ungeschämt an Flut der Huldigung gestrandet,
an Gnadenstiefe gnädig überlief.

Ungehalt der weinenden Gewässer Gräber,
ist nach Vermögen der Gesellen blut´ge Mär,
der Majestäten Torheit nicht zu brechen,
den kostbaren Pfand, mütterlich, nie auszusprechen.

Minder zierlich nicht empfangene Prahlerei,
durch gift´ge Spitze von allem Zwecke frei!
Der Arglisten wahrer Tollheit Raserei,
wesensloser Lehenspflicht ewig Tyrannei.

Unverflucht deiner Untat rauer G´walt,
Flammenwerke aus Verdammnis Schärfe Ungestalt:
Einsichtsvoll, einem Gotteswerke Missetat,
des krausen Werkes schauervollem Zierrat.

Und der Atem klammer Worte
lockt die Wendung zwischen Will` und Sein
und des Geblütes Himmelspforte,
wird unbekannt durch wässrig` Tränelein.

Doch in der Heilung matter Kräfte,
plagt holdsel´ge Abschiedswehe,
selbst in der Schöpfung Lebenssäfte
sich in der Labung Schuldigkeit ergehe.

Kämpfertrutz und Gesellschaftstod,
getrunken allein aus purer Not,
denn Trinken, das will ein jeder,
ist Erkenntnis seines Seins Feder.

MANCH DREISTER IRRSINN

Manch dreister Irrsinn war erlegen,
dem berückend` Unbestand, ob mit Mantel oder Degen,
zu ersten Sätzen sich begeben,
mit seiner Schöpfung in einer Tat zu leben.

Wie lange soll sich noch bemengen,
hechelnd sich nicht aufzudrängen,
die Tugend der Vernunft nicht klagen
und aus Schamesröte weiter fragen.

In wildem Schlage ihrer Flügel,
hohem Sitz und fester Zügel,
zieht mit jammervollem Gram die Freud´ von hinnen,
um dem Streif der Blutschuld nachzusinnen.

Der tapferen Zunge unvermählt,
der alten Schwüre abgezählt,
auch der besten Sitten unverstand`,
wird alte Weisheit nimmer angespannt.

Tugendsamer Schwur verebbt die Augen,
auf steilsten Höhen erstickter Glauben,
schimpflich zahmer Zier erweicht,
am Schopfe gepackt, verglückend seicht.

Allbeherrschert sich Zweifel nie entsühnen,
im blauen Regen umsonst begrünen,
mahnt mit Grabgeläuter an die Ruhestätt`
von feinem Lindenblatte unbefleckt.

Hernieder beugt sich lebensblütig,

ein Schlunde der Liebkosung gütig,
die tändelt im Galoppensprunge,
entfloh dem Feuerrad im Lebensschwunge.

Zorn´ge Zunge alljämmerlich sich fortgewütet
und niederschweift, der kristallenen Pracht behütet,
wo aus letzter Felsenpore berauschend ertrinkt,
der sanften Siegesoden feurig´ Tücken einsingt.

EHE MEINE ZEIT ZU ENDE IST

Lichterglanz der Mond erschafft
und gibt dem Träumer neue Kraft.
Die Schönheit dieser Nacht erwacht
und gibt dem Wandrer neue Macht.

Wo feiges Menschlein sich nicht traut,
erblickt der Wissende, was ihn erbaut:
Luna spendet silbrig Pein,
erhellt sein, ach, so kümmerliches Sein.

Mein lichtverhüllter Komödiant,
der spielt und lacht am Bühnenrand,
der zur Musik die Töne rührt,
den Farben Reiz ins Leben führt?

Der Weg nicht klar, die Hoffnung zerfällt,
nur von sternenklarem Licht erhellt,
schenkt fleischgewordene Venus,
welche sich vom Himmelszelt
zu des Wandrers Sinn gesellt,
eine Erinnerung von geistigem Genusse,
die ihm gewährt, mit diesem einem Kusse.

DES HERREN STIMME

Aus Zinn und Holz erklang die Herrlichkeit,
dröhnten die Fanfaren aus den Türmen weit,
unter seinesgleichen heilt die Sünde aus,
einzig die Gedanken sind unser Gotteshaus.

Die Töne sie verschlingen alles irdisch` Leid,
preisen und verheißen des Büßers Frömmigkeit,
ich bin der Meinen Hirte, wie du der meine bist,
gerichtet unter Himmeln, des Herren wahrer Christ.

Zu heller Glut schürt meine Demut,
schwillt hinauf zum Kirchgebälk,
der Fantasie Gestalt und Gottes Atem Blut,
hinab zu himmlich´ Klanggewitter fällt.

In seiner Ewigkeit, meine Arbeit fort g´deiht,
ihn zu sehen und zu wissen in Dreifaltigkeit;
der Sinne Trug und höchster Wahrheit unverbleicht,
unser Vaters Schöpfung verbleibt ewig unerreicht.

ERBITTERT WAR DIE TAT DER WORTE

Dahin geh wohl, mein Blütenmorgen,
von allem Augenblick verborgen,
dies Musenbuch soll dich entfachen,
Erinnerung zunichtemachen.

Bette dich zur langen Nacht,
küsse dich in Gedanken sacht
und der Dunkelheit Dunkel bricht
du, mein Allerweltgericht.

Der zauberschweren Stille stört,
prangte einst so mild betört
und immer wirkt und immer schafft,
erweckte alle Leidenschaft.

Befreien von allen Eitelkeiten,
meine wunderkühne Sängerin begleiten,
die jüngst noch von Liebkosung zeugte
und von süßem Freudentaumel träumte.

Allen Tod will ich dir schenken
und zu deinem Glücke lenken,
sollen tosend die Welten untergehen,
ich will sie in Flammen lodern sehen.

ETWAS MITGEBRACHT

Das Weizenkorn in die Erde falle,
ersterbe und euch zur Lebensfrucht gefalle,
der Folge nach, wo die volle Welt betrübt,
die flutende Wiederkehr edel ihr genügt.

Träum´, wähne nicht, kein Lebewohl,
himmelwärts, mein Königsschmerz, kein Blick so hohl,
ungetadelt, einmal noch, aller Moden werben!
Mit der Lebensflamme in deinen Augen sterben!

Wo die tiefen blassen Schatten uns ertränken
und unnütz´ GeduldVen uns beschränken
und du ewiglich liebst, das Schattenbild,
mein Herz, mein Geist das deine nimmer stillt.

Und grimmigen Erwachens den Tagesanbruch grüßen,
klagelos und tüchtig die fremden Liebeslieder süßen,
was von goldenem Baume fremder Geister sich beschied,
das alles ins Nichts und zu ihm alleine flieht.

Erwacht in dir eine Tage, die Sehnsucht erblühet frei,
weihst du ihr dein Leben oder wanderst stumm vorbei,
liebst du die Flammen, die Gletscher alter Zeit,
wanderst unbefangen unter Zelten der Lieblosigkeit.

Und als du brachst von diesem Rund,
vorübergingst im Totenkleid,
umschlungen von keiner Weltenzeit,
zerfiel so ewiglich mein süßer Lebensbund.

Der Orkusduft schwellt mir die Sinne,

geliebter Tod, nichts mehr beginne,
komm doch rasch und ohne Gnade,
schrieb er der letzten Zeile Barde:

Am Anbeginn, mein innig` Licht
und fühlt es ganz und wusst´s doch nicht.
Lass nur sie und sie mir sein,
sprach ich zu ihr, meiner Seel´ allein.

Nie mehr er kann genommen,
nie mehr hin fort gerissen werden:
Allein mit ihr zu treiben,
allein mit ihr zu schweben,
menschlichem Glück auf Erden entgegen.